Manche Kinder können uns sehen

von Bernadette Raab

mit Aquarellen von
Josephine Maag

SILBERSCHNUR

ISBN 3-923 781-37-7

2. verbesserte Auflage 1993

Umschlagsgestaltung u. Bilder: Josephine Maag
Druck: Tesinka Tiskarna, ag

Printed in: CZECH - Republic

Verlag „Die Silberschnur“, Heddesdorfer Str. 7, D-56564 Neuwied

Das Vorwort gehört den Eltern

Kinder sind uns anvertraut, um sie als selbstlos Liebende zu jener göttlichen Lichtquelle zurückzuführen, aus der sie gekommen sind. Das ist die größte Aufgabe der Eltern. Alles andere ist zweitrangig.

Kinder sind Wissende und Sehende! Kranke Kinder sind es im besonderen! Hat Ihr Sohn ein Wichtelmännchen zum Freund, dann lachen Sie bitte nicht! Wer über die Erzählungen und Visionen von Kindern lacht, dem verschließen sie sich. Nur allzuoft öffnen sich die Kinderherzen auch nicht mehr in späteren Jahren. Schwierigkeiten aller Art tauchen auf! Und keiner weiß dann, woher sie kommen.

Laßt Eure Kinder lachen und weinen! Gönnt ihnen aber auch ihre Ruhe! Stört sie nicht, wenn sie sich in ihre Ecke zurückziehen und mit Puppen oder imaginären Personen Gespräche führen. Lauscht hingebungsvoll. Dann könnt Ihr manches erfahren.

Liebe ist überall! Alles reagiert auf Liebe: Menschen, Tiere, Pflanzen. Deshalb lehrt schon Eure Kleinsten die selbstlose Liebe. Erlaube Deinem Kind niemals, auch nur ein Gänseblümchen aus reiner Lust und Laune zu pflücken, nur um es wenig später wieder wegzuwerfen. Es könnte sein, daß es in späteren Jahren andere Wesen – vielleicht auch Dich – auf ähnliche Weise behandelt.

Wer liebt, wird auch Liebe zurückerhalten, denn alles Geben ist zugleich ein Empfangen. Ein Austausch findet statt.

Lehrt also Eure Kinder Liebe! Lehrt sie aber auch Dankbarkeit – Gott, Euch und der Erdenmutter gegenüber. Ihr macht sie dadurch zu glücklichen Menschen. Lehrt sie, göttliches Licht und Leben in jedem Menschen, jedem Tier und jeder Pflanze zu erkennen, zu sehen und zu lieben! Alles andere könnt Ihr dann getrost dem VATER überlassen!

Nicht nur Eure Kinder werden durch die Ausübung bedingungsloser Liebe mit dauerhaftem Glück belohnt. Für Euch, liebe Eltern, ist sie die beste Altersversorgung. Denn, „was du gesät, das wirst du einst ernten!"

Bedingungslose Liebe ist der größte Schutz gegen alles

Negative und der wertvollste Schatz, den Ihr Euren Liebsten mit auf den Lebensweg geben könnt!

Fördert auch das Zusammensein zwischen Kindern, Groß- und Urgroßeltern. Alte Menschen gehen schon wieder auf das göttliche Licht zu. Kinder haben es noch nicht allzu lange verlassen. Es gibt kein innigeres Verstehen. Solche Freundschaftsbande reißen auch nicht mit dem sogenannten Tod ab.

Nur durch allumfassende und selbstlose Liebe wird die Menschheit imstande sein, einer noch nie dagewesenen Morgenröte entgegenzuschreiten.

Welch unermeßliches Glück für jedes Wesen, in einer Generation bedingungslos Liebender leben zu dürfen!!!

So sei es!

Eine Bitte an die Eltern:

Hat Ihnen der Liebe Gott hellsichtige Kinder anvertraut, die mit ihren „unsichtbaren Freunden" sprechen und spielen, ersuche ich Sie, mir Näheres darüber mitzuteilen! Vielen Dank!

Meine Adresse: Bernadette Raab, Aschauerfeld 2,
A - 4082 Aschach/ an der Donau, Austria

Schöne bunte Sommerwiese

Behutsam zieht der Liebe Gott den Mantel der Nacht von der schlafenden Sommerwiese. Die ersten Sonnenstrahlen kitzeln Blumen, Käfer, Bienen, Hummeln und Vögel aus dem Schlummer.
Noch ein wenig verschlafen, beginnen da und dort einige Spatzen zu piepsen. Alles reckt und streckt sich, jedes Tierchen fühlt sich ausgeruht und wohl.

„Guten Morgen!" tönt es von allen Seiten! „Guten Morgen! Guten Morgen!"

Das große Erwachen hat begonnen. Die Sonne zeigt sich bereits als goldener Ball. „Guten Morgen!" grüßt auch sie. Ein vielstimmiger Chor schallt zurück.

„Ich hatte einen wundervollen Traum", erzählt der Seidelbast der Margerite.

„Auch ich schwebe jede Nacht ins Land des Lichts und der Freude!" schwärmt die Akelei.

„Es ist himmlisch, sich frei bewegen zu können!" ruft der Frauenschuh. Seine strahlend gelben Blütenblätter leuchten in der Sonne wie reines Gold.

„Wir sind doch alle frei, wenn wir träumen", meldet sich ein Gänseblümchen. „Meine Schwestern und ich fliegen dann in Scharen. Es ist unbeschreiblich schön! Warum kann es nicht immer so sein?!"
Das Gänseblümchen seufzt. Es seufzt noch einmal. Schließlich läßt es vor lauter Traurigkeit das Köpfchen hängen. Nicht einmal die Sonnenstrahlen sind imstande, es aufzumuntern.
Da kommt die Sommerwiesenfee geflogen. Ihre Aufgabe ist es, für Harmonie zu sorgen und traurigen oder kranken Lebewesen beizustehen.
Das Feenmädchen setzt sich ins Gras. Das liebliche Gesichtchen strahlt vor Glück. Der Wind spielt mit den langen hellen Haaren. Es trägt ein leuchtendes Hauchgewand. Das ganze Persönchen wirkt durchsichtig und schwerelos.

„Du sollst nicht unzufrieden sein, kleine Daisy!" mahnt die Fee. „In der Nacht bist du frei! Da kannst du fliegen, wohin du willst. Am Tag hast du deine Pflicht als Gänseblümchen zu erfüllen. Mache diese Aufgabe gewissenhaft. Nur so wirst du glücklich sein können!"

„Es gibt Tausende und Tausende von Gänseblümchen! Keiner beachtet uns! Sieh nur die Margeriten, Glockenblumen, Arnikas und die vielen anderen! Ich bin kaum so groß wie ihre Füße! Warum hat der Liebe Gott mich so klein und die anderen so groß gemacht? Du sagst doch, ER liebt uns alle gleich!"

„Der Liebe Gott weiß immer, was ER tut, kleine Daisy! Nimm das Geschenk deines Lebens an! Freue dich! Tust du dies nicht, wirst du immer ein unzufriedenes Gänseblümchen bleiben!"

„Worüber soll ich mich freuen?"

„Über den Sonnenschein, den Regen, den Wind und all die Köstlichkeiten, die dir während des Tages passieren. Du beachtest sie nur nicht!"

Daisy seufzt. Sie seufzt noch einmal. Schließlich gähnt sie unanständig laut.

„Ich möchte so groß sein wie die Arnika und auch so strahlend!" fordert sie. „Kannst du den Lieben Gott nicht rumkriegen?!"

„Du verstehst rein gar nichts!" sagt die Wiesenfee streng. „Es kommt doch nicht auf das Äußere an!

Nur innere Werte zählen!"

„Was sind innere Werte?" fragt das Blümchen.

„Zufriedenheit zum Beispiel", sagt das Feenmädchen und streichelt das Gänseblümchen liebevoll. Da fängt es an zu weinen.
„Ich möchte ja gut sein," sagt Daisy, „und dem Lieben Gott Freude machen!"

„So ist es recht!" lobt die Wiesenfee. „Denk einmal nach, kleine Daisy! Der Liebe Gott gab dir manches, was andere Wesen nicht haben!"

„Was denn?" fragt das Blümchen neugierig.

„Dir wurde erlaubt, vom Frühling bis in den späten Herbst zu blühen. Niemand hat so viele Geschwister wie du! Außerdem gibt es winzige Tierchen, die nur lebensfähig sind, weil es dich gibt!"

„Darüber habe ich noch nie nachgedacht!"

„Siehst du! Außerdem bewundern dich die Menschen!"

„Ist das wahr?"

‚Sie sagen: ‚Die Gänseblümchen sind für die Wiese, was die Sterne für den Himmel sind!'

„Ooooh!" staunt Daisy. „Ich will nie wieder unzufrieden sein!"

Das Gänseblümchen streckt das Köpfchen so hoch es eben geht, um die Wiesenfee zu küssen. Aber es gelingt ihm nicht. Da bückt sich das Feenmädchen, liebkost das Strahlenblümchen und gibt ihm schließlich einen dicken Kuß mitten ins Gesicht.
Da fällt die kleine Daisy vor lauter Seligkeit in eine wohltuende klitzekleine Ohnmacht.

Die Wiesenfee schwebt dahin und dorthin, um nach dem Rechten zu sehen. Ihr Hauchgewand verändert sich ständig. Es nimmt jedesmal die Farbe der Blume an, mit der sie sich gerade beschäftigt. Aber immer bleibt dem Wolkenkleidchen ein weißer Schimmer erhalten. Das Feenmädchen strahlt von innen heraus. Es ist, als ob es in seinem Herzen ein Laternchen angezündet hätte.

Nun ist auch das große Open-air-Konzert in vollem Gang. Vögel singen, zwitschern, jubilieren, piepsen, trällern, rufen und pfeifen um die Wette zur Ehre des Schöpfers. Sie freuen sich ihres Daseins! Unentwegt sagen sie Dank! Die Lerche trillert hoch oben im blauen Himmel. Sie will dem Lieben Gott ganz nahe sein! Noch begreift sie nicht, daß ER auf der Sommerwiese wohnt. Gott ist gleich Licht, Leben und Liebe! Und weil es auf der Sommerwiese so viel Licht, Leben und Liebe gibt, ist der Liebe Gott mittendrin.

Doch nicht nur das gefiederte Volk gehört zum Orchester. Auch Grillen, Heuschrecken, Bienen, Hummeln, Fliegen, Zittergras und Klappertopf – alle musizieren mit. Es quakt, zirpt, raschelt, ächzt, flötet, krächzt, ruft und gurrt aus allen Richtungen.

Diese Musikanten kommen niemals aus dem Takt. Ihre Instrumente sind immer gestimmt. Blumen öffnen weit ihre Blütenkelche und verströmen die verschiedensten Düfte. So ehren, preisen und lieben sie Gott auf ihre Weise.

Der Wind ist der große Dirigent. Er sorgt für besondere Effekte. Die Baumkronen rascheln. Die Glockenblumen läuten. Auf Grashalmen fährt er Schlitten. Er kitzelt Blumengesichtchen, damit sie lachen. Den Vögeln

fährt er ins Federkleid. Käfern massiert er den Rücken oder den Bauch. Je nachdem, ob sie sich auf Entdekkungsreisen befinden oder gerade ihre Entspannungsübungen machen.
Einmal neigt sich auch der schönste Sommersonnentag seinem Ende zu. Als die Abenddämmerung hereinbricht, sind alle Musikanten rechtschaffen müde. Der Liebe Gott breitet, wie jede Nacht, den Mantel des Schlafes über die bunte Sommerwiese und ihre Bewohner. Blumen schließen die Kelche, Insekten und Vögel suchen ihr Nachtlager auf. Nur die Frösche vom nahen Teich haben noch immer nicht aufgegeben. Auch die Heupferdchen, die grünen Meisterhüpfer, ziehen sich beim Kommen des Taus in die Büsche zurück und zirpen noch lange frohgemut weiter.
Doch im großen und ganzen ist es still geworden auf der Sommerwiese. Die Körper ruhen. Aber die Seelchen fliegen in ein noch schöneres, helleres, feinstoffliches Land.

„Gute Nacht! Gute Nacht, du herrlich bunte Sommerwiese!" flüstert das Feenmädchen. Es breitet die Arme weit aus und entschwebt ebenfalls ins Land der seligen Träume.

Am Teich

Reges Leben herrscht in, um und über dem Teich. Buntschillernde Libellen flitzen in seliger Freude hin und her. Leicht und hell sind diese Tierchen. Man könnte meinen, sie kämen aus dem Elfenreich. Auch bunte Schmetterlinge gaukeln über dem Wasser. Der Wind trägt sie auf seinem Rücken. Bienen, Hummeln und Fliegen, alle freuen sich ihres Daseins. Wasserinsekten gleiten auf der Oberfläche des Teiches blitzschnell dahin. Sie sind echte Künstler in ihrem Fach! Kein Schlittschuhläufer war jemals so perfekt!
Und da gibt es Frösche. Ihre nächtlichen Konzerte sind unüberhörbar. Sogar der stille Mond wird da aufmerksam. Deshalb spiegelt sich sein Gesicht im Teichwasser. Und die lustigen Froschkinder setzen sich auf seine lange silbrige Nase.
Während des Tages genießen die Frösche ihr Dasein meistens unter schattigen Blättern am Rand des Teiches. Irgendwo finden sie immer ein angenehmes Plätzchen. Um die Mittagszeit schickt die Sonne ihre Strahlen in den Teich und hüllt ihn in goldenen Schimmer. Dann fühlen sich die Frösche wie Königskinder im goldenen Palast.

Als Prinzessin des Teiches gilt die herrliche Seerose in ihrem rosafarbenen Prachtgewand.

Auch Goldfische genießen jede Sekunde. Für Tiere ist das eine Selbstverständlichkeit.

Die Dotterblumen leuchten am Rand des Teiches in ihrer strahlenden Schönheit. Bienen, Hummeln und Fliegen sind ihre ständigen Gäste. Da gibt es auch noch allerlei Sumpfgras, etwas Schilf und Blümchen verschiedenster Art. Vor allem aber lebt hier die gelbe und die hellblaue Iris. Liebliche Blumenmädchen, hochgewachsen und strahlend in ihrer Erscheinung.

Etwas abseits vom Teich steht in voller Blüte der Jasminstrauch. Sein Beitrag zur Teichgemeinschaft sind die strahlenden Blüten. Eine Unmenge Bienen werden durch sie angelockt. Der wundervolle Duft beglückt alle Wesen ringsum.

„Danke, Jasmin!" sagt das Froschmännchen, „Du breitest deine Zweige über den Teichrand. So habe ich immer genügend Schatten."

„Ach, dieser herrliche Duft!" schwärmt das Froschweibchen. Es streckt die Nase weit vor, um ja recht viel Jasminduft zu erwischen.

„Auch wir fühlen uns himmlich in dieser Duftwolke!" jubelt die Libelle. Wie eine schwebende Meisterballerina zieht sie ihre Runden über den Teich.

„Vielen Dank!" sagt der Jasminstrauch ergriffen. „Es freut mich ungeheuer, daß ihr mich alle so lieb habt!"

„Warum denn nicht?!" ruft Fieps, der Spatz. „Wir mögen uns doch alle!" Er sitzt am obersten Zweig des Jasminstrauches und läßt sich vom Winde schaukeln. Oder er plustert sein Gefieder. Dann wieder dreht er vor Übermut sein Köpfchen hin und her und her und hin. Zwischendurch schärft er sein Schnäbelchen am Holz des Zweiges. Und wenn dem kleinen Kerl sonst nichts mehr einfällt, piepst und piepst und piepst er ohne Ende.

„Tut dir am Abend der Schnabel nicht weh?" fragt das Froschmännchen.

„I wo", sagt Fieps. „Da solltest du erst einmal meine fünf

Kinder im Nest erleben! Nur ihre Mutter hält den Krach aus! Nun ja, solange die Welt besteht, ist Mutterliebe unschlagbar!"

„Wie wahr!" quakt die Froschmama.

„Sag mal, kümmerst du dich kein bißchen um deine Jungen?" will der Goldfisch wissen.

„Doch! Klar doch! Ich bringe ihnen Futter. Aber es ist nie genug. Soviel Eßbares gibt's gar nicht auf der ganzen Welt, um die sattzukriegen. Sie reißen ihre Schnäbel so weit auf, daß man durch ihren ganzen Körper durch und beim Schwanz hinaussieht. Es ist beinahe unheimlich."

„Man muß dich einfach mögen, Fieps!" ruft die Dotterblume. „Du bist zu drollig!"

„Vielen Dank, Sonnchen!" piepst der Spatz.

„Sieh mich an!" fordert ein Bienchen, „meine Taschen sind zum Bersten mit Nektar voll."

„Dann flieg doch endlich nach Hause!" sagt die Butterblume. „Du kannst ja wiederkommen. Es ist immer genug da."

„Laß mich auch ein wenig kosten!" ersucht ein Zitronenfalter.

„Ist doch klar, Schwesterchen!" ruft die Biene und setzt zum Abflug an.

Das Leben am Teich ist reich an Abwechslung. Doch voll von Harmonie. Jedes Wesen hat seine Aufgabe, seine Freuden und macht seine Beobachtungen. Alle bilden eine Einheit trotz ihrer Vielfalt. Sie gehören ganz einfach zusammen. Ihr Leben ist bis zum Rande voll mit Freude, Liebe, Austausch, Hingabe und Seligkeit.

„Der Liebe Gott muß furchtbar weise sein, meinst du nicht auch, mein Sonnchen?" fragt der Schmetterling und genießt die Köstlichkeit des Butterblumennektars.

„Du hast recht", meldet sich das Schilf. „Die Menschen nennen ihn VATER."

„Da kann ich nicht viel mit anfangen," sagt ein Bienchen. „Wir haben nämlich eine Königin!"

„Das kommt aufs gleiche raus", erklärt das Froschweibchen. „Auf jeden Fall ist es jemand, der uns alle unendlich lieb hat!"

Eine Hummel segelt auf eine Seerose zu.

„Da bist du ja endlich!" schimpft diese. „Warum kommst du heute so spät? Ich ströme über vor Nektar."

„Meine Kinder machen mir zu schaffen", erzählt der Brummer. „Ich kann gar nicht genug Nahrung nach Hause bringen. Der Weg zu dir ist lang. Doch dein Nektar ist der beste weit und breit."

„Meine Töchter bereiten mir viel Freude", schwärmt die Seerosenmama. „Noch heute öffnet die älteste Knospe ihre Blütenblätter. Das wird ein Fest!"

„Deine Kinder sind reizend", lobt die Hummel. „Wie könnte es anders sein bei dieser schönsten aller Mamas?"

Die Seerose fühlt sich geschmeichelt. O ja, der Liebe Gott gab ihr wirklich ein herrliches Kleid. Aber auch die großflächigen grünen Blätter mit den schillernden Wassertropfen sind beachtenswert. Mitten im kühlen

Naß den wärmenden Sonnenstrahlen ausgesetzt! Herrlich! Ein Landeplatz für viele Insekten!

Die blauen und gelben Irismädchen fühlen sich wohl am Rande des Teiches. Zusammen bilden sie ein Ganzes. Das ist nicht leicht zu verstehen. Wartet ein bißchen.

Urplötzlich taucht ein Wassernixlein aus dem Teich und setzt sich auf das große grüne Seerosenblatt. Das Nixlein ist, schlicht und einfach gesagt, himmlisch schön! Alles an ihm schimmert und glänzt, das silbrige Wolkenkleidchen, die langen Haare und die Wasserperlchen. Das ganze Persönchen ist duftig, durchsichtig und hell. Freundlich grüßt es nach allen Seiten. Jeder freut sich über sein Erscheinen.
Immer, wenn das Nixlein auftaucht, erzählt es eine besondere Geschichte. Deshalb kuscheln sich die Pflanzen und Tierchen zurecht, um es beim Lauschen recht gemütlich zu haben.

„Heute möchte ich euch die Geschichte der gelben und blauen Iris erzählen," sagt das Wassernixlein.

„Obwohl sie völlig gleich aussehen, ist die eine gelb und die andere himmelblau!" ruft das Froschweibchen.

„Darüber habe ich mich schon oft gewundert."

„Nun sollst du das Geheimnis erfahren", sagt das Nixlein und beginnt auch schon zu erzählen:

„Am Anfang gab es nur die himmelblaue. Aber sie war ein sehr eigenwilliges, unzufriedenes Blumenseelchen. Es genügte ihr nicht, die Nähe des Teiches zu genießen, Bienen ihren Blütenstaub zu überlassen, einfach nur zu strahlen und glücklich zu sein. So, wie es der Liebe Gott für sie vorgesehen hatte. Durch ihre ewige Unzufriedenheit brachte sie oft Unruhe in die Teichgemeinschaft.

‚Du bist doch wunderschön!' stellten alle Wesen um sie herum immer wieder fest. ‚Warum bist du so unglücklich?'

‚Es ist langweilig, immer nur am Teich zu stehen', sagte die blaue Iris. ‚Ich möchte etwas erleben!

‚Am Wasser erlebst du doch eine ganze Menge! Du mußt es nur annehmen! Dich darüber freuen!'

Aber das Irismädchen schüttelte immer wieder den Kopf.

‚Alle mögen dich!' sagten Pflanzen und Tiere ringsum. ‚Hier haben wir ein erfülltes Leben! Warum wünschst du dir etwas anderes? Wir wohnen in einem Paradies!'

Aber die blaue Iris war nicht zu überzeugen.

Eines Nachts, als das Irismädchen wieder einmal den ganzen Tag nichts anderes als unglücklich war, schickte ihm der gütige Himmelsvater einen Traumengel.

‚Nicht weit von hier entfernt steht ein wunderschönes Haus', erzählt der Engel der schlafenden Iris. ‚Darin befindet sich eine Vase aus purem Gold, besetzt mit kostbaren Edelsteinen. Nur in seltenen Fällen steckt die Besitzerin Blumen in diese kostbarste aller Vasen. Möchtest du nun lieber in dieser goldenen Vase stehen oder hier am Teich unter freiem Himmel dein Leben verblühen? Du kannst wählen!'

Das Irismädchen wünschte sich ohne Zögern in die goldene mit Edelsteinen besetzte Vase. Es machte ihm nichts aus, einige Tage oder Wochen früher zu verblühen. Es wollte in die Vase! Basta!

Am folgenden Tag ritt eine junge, schöne Frau am Teich

vorbei". erzählte das Nixlein weiter. „Sie bewunderte die Zartheit und Eleganz der blauen Iris. Rasch stieg sie vom Pferd.

'Du sollst in meiner Vase stehen!' sagte sie. Dann holte die Dame ein Messer aus ihrer Satteltasche und schnitt den Stengel durch. Es schmerzte. Doch die blaue Iris wollte tapfer sein.

Als sie endlich zu Hause ankamen, war das Irismädchen nicht mehr fähig, die goldene Vase zu bewundern. Es fühlte sich elend und lechzte nach Wasser. Schon begannen die leuchtend blauen Blütenblätter ihren Schimmer zu verlieren. Und Iris hatte das Gefühl, als müsse sie im nächsten Augenblick sterben.

Nach einiger Zeit ging es ihr etwas besser. Da stand sie nun in der prächtigen Vase! Ihr Wunsch hatte sich erfüllt! Wo aber blieb das große Glück?

Die Iris wunderte sich sehr.

Schon bald sehnte sich die kleine Iris nach der Weite des Himmels, nach dem kühlen Teich und seinen freundlichen Bewohnern. Sie dachte an die schillernden Libellen, an ihre Lebensfreude und an das beruhigende Teichwasser. Alles und alle fehlten ihr! Sogar Fieps mit seinem ewigen Gepiepse.

Da wurde die blaue Iris von einer großen Traurigkeit geradezu überschwemmt. Sie dachte schon ans Ende, als plötzlich Fieps durchs Fenster gesegelt kam. Er setzte sich auf das Tischchen neben die Vase.

‚Wie kannst du nur so maßlos dumm sein?!' schimpfte der Spatz. ‚Da stehst du nun allein in einem Zimmer ohne Sonne und Freunde. Und schön bist du auch nicht mehr! Hättest du nicht mit uns das Leben am Teich genießen können?! Aber du mußtest ja immer unzufrieden sein!'

Das Irismädchen sah seinen Irrtum ein. Aber da war nichts mehr zu machen. Noch ehe es antworten konnte, hauchte es sein Blütenseelchen aus dem Körper. Der Traumengel geleitete die Iris direkt vor den Thron des Himmlichen Vaters. Noch immer erfüllte sie grenzenlose Traurigkeit. Da breitete der Liebe Gott seine Arme weit aus, um das Blütenseelchen willkommen zu heißen.

'Ich habe dich lieb, süße Iris!' flüsterte ER.

Da fühlte sich das Blütenseelchen plötzlich unwahrscheinlich leicht, grenzenlos frei und glücklich. Es begann zu leuchten. Auch seine Blütenblätter waren wieder voll von Leben und Schimmer. Der Himmlische Vater lächelte und drückte das Irismädchen ganz innig an sein Herz.

'O mein Lieber Gott!' rief die blaue Iris. 'Du wolltest immer das Beste für mich! In meiner Selbstsucht habe ich es nicht erkannt! Verzeih mir, bitte!!! Von nun an will ich mit großer Freude Deinen Willen erfüllen. Es ist das einzige wahre Glück!'

'So ist es recht!' lobte der Liebe Gott und gab das Blütenseelchen frei. 'Damit du dich aber immer an unser Gespräch erinnerst, gebe ich dir ein Geschenk mit auf den Lebensweg.'

Dann erfüllte der Himmlische Vater das Blumenherz mit solch seliger Freude, daß es ganz wild zu klopfen begann und erwachte. Die blaue Iris stand wieder am Teich. Glücklich und verwirrt zugleich.

‚Es war bloß ein Traum!' flüsterte sie. ‚Was bin ich froh!'
Aber im Morgengrauen entdeckte die blaue Iris neben sich eine gelbe. ‚Das Geschenk!' jubelte sie. Das Irismädchen war viel zu glücklich, um jetzt über Traum und Wirklichkeit nachzudenken.

Seither trägt die Iris nicht nur das himmlische Blau, sondern auch das sonnengleich strahlende Gelb. Zusammen bilden sie ein Ganzes und sind restlos glücklich. Deshalb sollten an jedem Teich beide wohnen dürfen."

Das Nixlein schweigt für eine Weile. Es lächelt liebevoll und winkt nach allen Seiten, „bis zum nächsten Mal!" ruft es und entschwebt ins Reich der Wassernixen, denn die Sonne steht schon tief im Westen.

Ein fühlbarer Zauber und eine wundervolle Stille liegen über dem Teich und breiten sich aus. Wenn dann, in der Abendkühle, der Liebe Gott durch den Garten wandelt, streckt ER seine Hand segnend über den Teich. Und alle Wesen fühlen sich beglückt und geborgen in Seiner herrlichen, liebenden Allgegenwart!

Das Rotkehlchen

Klein Anja sitzt, in eine warme Decke gehüllt, auf dem Balkon ihres Elternhauses. Ein zartes, blasses Kind, das ständig kränkelt. Anjas Mutter steht tausend Ängste aus und ist sehr unglücklich. Anja ist es nicht! Wie viele kranke Kinder hat auch sie Fähigkeiten entwickelt, von denen Gesunde oft nur träumen. So versteht sie die Sprache der Tiere! Sie sind ihre engsten Vertrauten. Anja ist glücklich und möchte andere glücklich machen! Zeit, an ihre Krankheit zu denken, hat sie nicht!

Doch Anjas Mutter ist verzweifelt. Sie will ein gesundes Kind! Weil es nicht so ist, hadert sie mit Gott. Sie macht IHM Vorwürfe. Nennt IHN ungerecht. Anja möchte helfen. Doch die Mutter versteht nichts von dem, was die Kleine ihr zu sagen versucht.

Die strahlende Morgensonne hüllt den Balkon in goldenes Licht. Anja betrachtet hingebungsvoll ein Spinnennetz zwischen zwei Eisenstäben. Einige Tauperlen haben sich darin verfangen und glitzern wie geschliffene Edelsteine.

Da kommt auch schon die große Künstlerin angelaufen! Sie macht es sich gemütlich und winkt Anja mit zwei Beinchen!

„Guten Morgen!"

„Guten Morgen!", antwortet das Mädchen. „Hast du gut geschlafen?"

„Es geht", sagt die Spinne. „Ich würde ja lieber in meinem Netz ruhen. Aber es ist zu gefährlich. Man kann nie wissen! Da ist es schon besser, ich versteck' mich dort unter dem Eisenstab. Da findet mich so schnell keiner."

„Ich glaube nicht, daß dich ein Vogel frißt! Es gibt doch so viele Samen und Körner!"

„Es ist nicht mehr so schlimm wie früher", sagt die Spinne und beginnt, den köstlichen Tau zu frühstücken.

Anja freut sich, weil es dem Tierchen so gut schmeckt.

„Du bist so klein", sagt das Mädchen, „und schaffst ein Kunstwerk! Ich könnte es nicht, obwohl ich viel größer bin als du!"

„Das ist in mir drin", versucht die Spinne zu erklären. „Es fließt aus mir heraus. Mein Mund und meine Beine sind bloß Werkzeuge. Anders ist das nicht zu erklären. Aber ich freue mich sehr, weil dir mein Netz so gut gefällt!"

„Das tut es!" bestätigt das Kind.

Im selben Augenblick setzt sich ein unscheinbares Vögelchen Anja gegenüber.

Da huscht die Spinne in ihr Versteck.

„Du brauchst keine Angst zu haben!" ruft Anja. „Braunchen tut dir ganz bestimmt nichts. Da kannst du sicher sein! Braunchen würde niemals einem anderen Lebewesen Leid zufügen. Komm also ruhig wieder in dein wunderschönes Silbernetz."

Langsam und äußerst vorsichtig kehrt die Spinne zurück.

Da breitet Braunchen die Flügel aus und fächert der mißtrauischen Spinne ein wenig Kühlung zu. Dadurch bewegt sich das Netz. Aber es reißt nicht.

„Wunderbares Material!" staunt Braunchen.

„Und wie heißt die große Künstlerin?"

„Spinne!"

„Wir haben alle einen Namen", sagt Anja. „Es gibt so viele Spinnen! Wenn ich also von dir spreche, sollte jeder wissen, daß nur du es sein kannst, die ich meine. Also brauchst du einen Namen!"

„Darüber habe ich noch nicht nachgedacht", sagt die Spinne und beginnt, ihre Beine zu putzen. „Ich überlasse es dir!"

„Also, ich bin Anja! Das ist Braunchen! Dich nennen wir – Silby!"

„Wie kommst du denn darauf?"

„Es ist dein Künstlername", erklärt Anja.

Silby ist einverstanden. Sie findet den Namen schön und fühlt sich plötzlich ganz großartig.

„Warum bist du krank, Anja?" will Silby wissen. „Andere

Kinder laufen, schreien und toben herum. Du sitzt jeden Tag auf dem Balkon. Ich freue mich ja! Aber für dich ist es doch weniger schön!"

„Du bist eine völlig unwissende Spinne!" ruft Braunchen. „Was immer mit uns geschieht, ist in Ordnung. Das Leben ist eine Reise, die ins Licht führt."

„So ist es!" bestätigt Anja. „Auf dieser Reise begegnen uns Licht und Schatten. Aus jeder Situation sollten wir lernen und das Beste daraus machen. Dann haben wir die Prüfung bestanden und können weiterziehen."

„Weiterziehen?" fragt Silby. „Ich sitz' in meinem Netz! Anja im Sessel! Und du, Braunchen, bist auch nicht gerade ein Weltumsegler! Wo bleibt da die Reise?"

„Das siehst du völlig falsch, Silby. Alles, was auf dich zukommt, ist eine Begegnung. Verstehst du jetzt?" fragt Anja.

„Was soll auf mich zukommen? Ein Vogel? Da versteck' ich mich! Ich spinn' Netze! Das ist alles!"

„Es ist dein Weg, Silby! Du spinnst dein schönstes Netz

zur Ehre Gottes! Und immer sollst du fröhlich sein!"

„Ich habe eine andere Aufgabe", sagt Braunchen. „Das ist eben mein Weg! Und Anja hat wieder eine andere. Das ist ihr Weg! Verstehst du, Silby?"

„Ich glaube schon. Hast auch du ein Kunstwerk vorzuweisen, Braunchen?"

„Wegen deiner Netze brauchst du nicht unbedingt eingebildet zu werden!" meint der Vogel.

„Du hast recht! Ich weiß ja auch, daß nicht ich das Kunstwerk baue!" sagt Silby ein wenig kleinlaut. „Etwas schafft in mir!!"

„So ist es!" bestätigt Anja.

„Eines begreife ich noch immer nicht!" meint Silby und tupft sich mit einem ihrer Beine an die Stirn. „Warum ist ein so nettes Mädchen wie du krank?"

„Weil ich etwas zu lernen habe", sagt das Kind. „Oder ich kann durch meine Krankheit, wenn ich sie willig annehme, fremdes Leid lindern, vielleicht sogar lösen.

Wäre das nicht wunderbar?"

„Weiß nicht," sagt Silby.

„Wahrscheinlich hat auch meine Mutter zu lernen. Sie sollte meine Krankheit annehmen und trotzdem zufrieden sein!"

„Weil sie es nicht tut, ist sie unglücklich", erklärt Braunchen.

„Was geschieht, wenn sie es doch einmal kapiert?" bohrt Silby.

„Dann kann es sein, daß meine Krankheit schwindet!"

„Hat sie dich denn nicht lieb, Anja?"

„Doch, doch!" sagt das Kind. „Meine Mutti versteht es nur nicht!"

„Kannst du es ihr nicht erklären?"

„Sie hört nicht auf mich!"

„Das ist traurig", sagt Silby.

„Alles Glück im Himmel und auf Erden liegt in der Erfüllung des göttlichen Willens! Es ist ganz einfach!" piepst Braunchen.

„Wolltest du nicht mehr spinnen, würdest du den Willen Gottes nicht erfüllen", versucht Anja zu erklären.

„Ich kann aber gar nicht anders als spinnen", sagt Silby.

„Stimmt! Aber die Menschen haben einen freien Willen. Sie können sich immer entscheiden, ob sie dies oder jenes tun wollen. Meistens jedoch entschließen sie sich für das Falsche. Und dann leiden sie! Auch meine Mutter!"

„Schau mich an!" ruft Braunchen. „Ich bin nicht schön! Die Blaumeise, der Grünling und viele andere Vögel haben ein bedeutend bunteres Gefieder. Ich weiß nicht, warum. Aber ich nehme es als den Willen Gottes an und bin zufrieden. Es hat immer einen Sinn, wenn der Liebe Gott etwas tut! Das mußt du dir gut merken, Silby!"

„Ach Braunchen!" ruft Anja. „Wenn du auch nicht der schönste Vogel bist, so bist du doch der liebevollste! Du mußt wissen, Silby, Braunchen hilft, wo immer er helfen kann! Er kränkt niemanden und tut keinem Wesen etwas zuleide! Er will nur das Nötige für sich! Immer ist er für andere da! Da könnte ich dir Geschichten ohne Ende erzählen!"

„Bitte nicht!" ruft Braunchen.

„Da siehst du, wie bescheiden er ist!"

Plötzlich kommt eine Amsel angesegelt. Silby verschwindet schneller als ein Blitz. Braunchen rückt zur Seite und grüßt freundlich.

„Fürchtest du dich eigentlich nie?" fragt die Amsel.

„Nein!" sagt Braunchen. „Nie!"

„Ich bin viel größer und könnte dir etwas zuleide tun!"

„Du tust es aber nicht!"

„Ich habe es nicht vor", sagt die Amsel. Das pechschwarze Gefieder glitzert in der Sonne. Braunchen fühlt sich ganz unbedeutend neben dem großen Vogel. Aber es macht ihm nichts aus.

„Möchtest du nicht auch so schön sein wie ich?" fragt die Amsel.

„Mir ist alles recht", sagt Braunchen. „Schön oder nicht schön! Alles ist gut. Hauptsache, man erfüllt den Willen des himmlischen Vaters."

„Du gehörst wohl auch schon zu den neuen Zeitgenossen?" fragt die Amsel „Ja, ja! Es ändert sich so manches!"

„Oh", schwärmt Braunchen, „eine Neue Zeit ist angebrochen. Viele Menschen sehnen sich nach Harmonie und vollkommener Geborgenheit in der Liebe Gottes. Wer das erreicht, fürchtet sich vor nichts und niemand!"

„Nicht einmal vor dem Tod?" fragt die Amsel.

„Nein!" sagt Braunchen. „Nicht einmal vor dem Tod! Weiß du was? Den Tod gibt's nämlich gar nicht!"

„Unsinn!" ruft Silby aus ihrem Versteck. „Falls mich die Amsel verspeist, bin ich mausetot! Oder etwa nicht?!"

„Du bist nicht tot! Dein Körper ist nämlich nur ein Kleid, der das Leben umhüllt. Du bist nicht der Körper, Silby! Du bist das Leben!"

„Waaas?" Silby ist entsetzt. „Ich bin nicht der Körper?! Wollt ihr mich für dumm verkaufen?"

„Ganz verstehe ich es auch nicht", sagt die Amsel. „Aber es liegt viel neues Wissen in der Luft!" „Eigentlich ist dieses Wissen uralt", meint Anja. „Es wird nur jetzt immer mehr verstanden!"

„Es zeigen sich auch schon Früchte", beteiligt sich nun auch Braunchen am Gespräch. „Viele Menschen sind friedlicher und liebevoller geworden. Auch der Pflanzen- und Tierwelt gegenüber! Das ist eine Tatsache!"

„Wurde aber auch höchste Zeit!" schnattert die Amsel.

Silby interessiert das alles nicht! Sie will endlich wissen, warum es keinen Tod gibt, obwohl es ihn gibt?! Das ist ja zum Verrücktwerden!

„Jetzt erzählt mal, damit ich lachen kann!" sagt sie ein wenig boshaft. „So ein Unsinn! Also, die Amsel zerquetscht und verspeist mich. Und ihr behauptet, ich bin nicht tot! Sehr witzig!"

„Du hast noch immer nicht verstanden", ruft Anja. „Jetzt hör bitte aufmerksam zu! Und du auch!"

„Meinst du mich?" fragt die Amsel.

„Ja, dich! Also, du braucht auch einen Namen! Wir könnten dich Schwarzrock nennen. Aber das klingt zu traurig."

„Wie wär's mit Joy?" (Tschoi) fragt Braunchen.

„Gut!" freut sich Anja. „Bist du einverstanden? Joy bedeutet Freude. Da muß du deinem Namen aber alle Ehre machen."

Die Amsel nickt. „Freude!" ruft sie. „Das paßt ausgezeichnet! Eigentlich freue ich mich den ganzen Tag. Und wenn es keinen Tod gibt, schnappe ich noch über vor Freude!"

„Wenn ihr jetzt nicht bald mit einer glaubwürdigen Erklärung herausrückt, werde ich wütend!" schimpft Lilby.

Also versucht Anja, das kleine weise Mädchen, noch einmal, das Wunder des Todes zu erklären.

„Ihr kennt alle einen Blumensamen!"

„Klar doch!" piepst die Amsel.

„Weiter!" drängt Silby.

„Auf irgendeine Weise kommt dieser Same in die Erde. Er stirbt."

„Also doch!!" Silby ist wütend und kriecht aus ihrem Versteck.

„So quatsch doch nicht immer dazwischen!" schimpft die Amsel.

„Es vergeht die äußere Schale", fährt Anja fort. „Das heißt, sie wandelt sich in Humus oder etwas Ähnliches. Das Leben aber zieht weiter. Es bringt Stengel, Blätter und Blüten hervor."

„Da ist was dran!" Joy steckt den Kopf in ihre Halsfedern, um besser nachdenken zu können.

„Nun gut", sagt Silby. „Was geschieht mit dem Samen? Und was geschieht mit mir, wenn ich erst einmal im Magen von Joy bin?!"

Joy streckt sich und plustert das Gefieder.

„Ich fresse dich nicht!" sagt der Vogel. „Also kommst du erst gar nicht in meinen Magen hinein. Ich fühle mich nämlich schon als Vogel des Neuen Zeitalters."

„Ist ja schon gut", beschwichtigt Silby. „Ich kapiere noch immer nicht!"

„Dein Körper hat gar keine Bedeutung!" Anja versucht es noch einmal mit großer Geduld. „Du bist nämlich nicht der Körper! Du bist Leben, Silby! Du bist Leben! Begreif das doch! Das Leben baut um dein Spinnenseelchen einen Körper, damit es in dieser grobstofflichen Welt existieren kann. Deine Seele ist aber ungeheuer fein. Deshalb kannst du sie nicht sehen! Aber sie ist viel wirklicher als dein Körper. Es ist nur der Schatten deiner Seele! Nimm also deinen Körper nicht so wichtig!"

„Waaas?! Nicht so wichtig? Ich habe doch nur den einen

Körper!"

„Kannst du oder willst du nicht verstehen?!" ruft Joy und ihre Augen sprühen Feuer.

„Ich kann nicht", klagt Silby kleinlaut.

Nun versucht es Braunchen. „In deinem Inneren wohnt das Leben, Silby!"

„Das verstehe ich!"

„Gut", fährt Braunchen fort, „Leben hört niemals auf! Wenn also das Leben aus deinem Körper weicht, hat er keine Bedeutung mehr. Er interessiert dich nicht mehr! Du hast nämlich einen feinstofflichen Körper!! Mit dem lebst du dann weiter!"

„Mir raucht der Kopf! Ich will nicht mehr!" sagt Silby.

„Du bist auch eine von jenen, die aus ihren ausgefahrenen Geleisen nie herauskommen," schimpft Joy.

Silby ist beleidigt. Ein bißchen!

„Ich blick' da schon durch", sagt Joy. „Das Leben geht nie

verloren. Es wandelt sich, nimmt eine andere Form an, obwohl es dasselbe Leben bleibt. Das Leben im Samen ist weitergewandert in Stengel, Blätter und Blüten."

Anja freut sich. Silby ist zwar noch immer beleidigt, aber trotzdem neugierig.

„Also gut", sagt sie, „ich lasse beim Tod meinen Körper zurück und lebe in einem feinstofflichen weiter. Wo kommt der plötzlich her?"

„Er war schon immer in dir, Silby!" sagt Braunchen. „Im neuen Körper fühlst du dich dann ungeheuer wohl, frei und sehr glücklich."

„Noch glücklicher?!" ruft Joy. „Ich kann es ja jetzt kaum noch aushalten vor Glück!"

„Friß mich, Joy!" fordert Silby. „Ich möchte es ausprobieren!"

„Du verstehst noch immer nicht!" Braunchen ist nun doch ein wenig ärgerlich. „Erst muß du das dir ausgedachte Leben leben! Daraus lernen und dich deines Daseins freuen!"

„Schon gut", sagt Silby.

„Anja, hast du wirklich keine Angst vor dem Tod?" fragt Joy.

„Du meinst vor dem sogenannten Tod? Nein! Ich habe keine Angst! Der Liebe Gott ist immer bei mir. In seinem wunderbaren Licht fühl' ich mich geborgen. Ich erkenne dann noch besser, wie lieb er mich hat! Ich werde gesund und sehr, sehr fröhlich sein! Wir alle, die wir uns auf Erden so liebgewonnen haben, sehen uns wieder! Das wird ein Fest und eine Freude!"

„Woher weißt du das alles?" wundert sich Joy.

„Ich trage eine Stimme in mir", sagt das kranke Mädchen, und sein Gesichtchen strahlt.

„Ich muß also den Körper verlassen, um in den Himmel zu kommen!?" wundert sich Silby.

„Nein!" ruft Braunchen. „Der Himmel ist schon jetzt in deinem Inneren, wenn du nur willst! Liebe Gott und alle seine Geschöpfe!"

„So wie Braunchen!" ruft Anja. „Dann trägst du den Himmel schon auf Erden in dir, und der Liebe Gott wandelt dein Herzchen in ein leuchtend rotes Liebesfeuer. Jeder wird es sehen und sich darüber freuen!"

„Wieso Feuer?" fragt Silby und starrt auf Braunchens Brust. „Was ist denn das?! Seht nur! Seht!"

Auch Anja kann ihren Blick nicht von des Vogels Brust wenden. Dieser leuchtend rote Fleck! Es ist, als ob der Liebe Gott im Inneren Braunchens ein Licht angezündet hätte, das nach außen strahlt.

„Rotkehlchen!" jubelt Anja. „Rotkehlchen! Rotkehlchen!"

„Es – ist – ein Wunder!" stottert Joy.

Davon ist auch Silby überzeugt.

Das Rotkehlchen jedoch bleibt bescheiden und liebevoll wie eh und je – trotz der hohen Auszeichnung.

„Rotkehlchen! Du liebes Rotkehlchen!" jubelt Anja immer wieder und streckt die Arme nach dem Vögelchen aus. Da setzt sich das Rotkehlchen auf ihren aus-

gestreckten Arm. Ein unsagbar wohliges Gefühl durchströmt das Kind.

„Rotkehlchen! Rotkehlchen!"

„Rotkehlchen!" piepst auch Joy voll Bewunderung.

„Rotkehlchen!" flüstert Silby.

„Ich bin plötzlich ungeheuer glücklich!" ruft Joy. „Ich muß fliegen! Ich muß! Sehen wir uns morgen wieder?"

„Aber ja", piepst das Rotkehlchen und verabschiedet sich ebenfalls.

„Ich werde mich einspinnen, um ein paar Stunden in Ruhe nachzudenken", flüstert Silby. „Ich fühle mich auch – himmlisch!"

Anja lehnt sich in ihren Sessel zurück und schließt die Augen. Sie weiß den Lieben Gott in ihrem Herzen, fühlt sein Licht als wohltuende Wärme und überströmende Freude. Dann wandern ihre Gedanken zu den vielen Rotkehlchen, die es in Zukunft geben wird. Rotkehlchen bringen immer Freude! Freude aber geht nie verloren. Sie ist göttlich. Wie kostbar und notwendig ist also das Rotkehlchen für uns und unsere Erdenmutter! Für alle Zeit und Ewigkeit wird es den roten Brustfleck als Zeichen bedingungsloser Liebe tragen!

„Rotkehlchen! Du liebes Rotkehlchen!" flüstert Anja.

Wenig später bringt die Mutter das Kind ins Wohnzimmer. Anja möchte ihre glücklichen Erlebnisse mit der Mutter teilen. Zaghaft beginnt sie zu erzählen.

„Hör bitte auf!" sagt Anjas Mutter. „Deine Phantasie geht wieder einmal mit dir durch! Ich habe genug Sorgen! Von diesen Spinnereien will ich nichts mehr hören."

Da schweigt Anja. Sie zieht sich ganz in ihre eigene innere Welt zurück. Die Mutter bleibt draußen!

Wie traurig!

Aber vielleicht begegnet auch ihr eines Tages ein Rotkehlchen, und es geschieht ein Wunder, das Wunder rechten Verstehens und Erkennens.

Wir alle wünschen es Anjas Mutti!

Die Christrose

Ein leuchtend warmer Frühlingstag! Großpapa und Enkel hält es nicht länger im Haus. Klein David schiebt sein Händchen zärtlich in die große Hand des alten Mannes.

„Gehen wir!?"

„Du spürst es auch! Nicht wahr, mein Kleiner?" fragt der Großpapa. „Die Luft ist voll von Düften und Tönen! Überall lockt, ruft und drängt das keimende Leben!"

Der Großpapa schiebt seinen alten Hut ein wenig aus der Stirn. Er war ihm Wegbegleiter durch Jahrzehnte. Dementsprechend sieht er auch aus: zerbeult, fleckig, farb- und formlos und doch alle Formen einschließend. Großvater und Hut bilden ein Ganzes. Der Großpapa ohne Hut ist nur ein halber Mensch. Der Hut ohne Großpapa ein alter Deckel. Aber zusammen sind sie unschlagbar!

Also spazieren die drei den Wiesenweg entlang.

„Hörst du, Großpapa?"

Sie bleiben stehen, legen die Hände an die Ohrmuscheln und lauschen. Strahlende Freude und Erwartung in den Gesichtern. Da, ein fernes, leises Läuten! Es müssen viele winzige Glöckchen sein! Zart, doch lockend ist ihr Rufen! Und unsagbar schön!

„Komm, Großpapa, gehen wir dem Läuten nach!" flüstert David.

Die Töne werden vernehmlicher, lockender, lieblicher. Auf leisen Sohlen schleichen die beiden. Immer eindringlicher wird das Rufen. „Kommt doch! Kommt!"

Am Waldrand angelangt, hören sie es noch deutlicher.

Hier muß es sein! Ganz in der Nähe! Großpapa und Enkel halten sich an den Händen. Sie gehen noch ein paar Schritte. Nehmen eine Biegung – und da!!! Ein großer weißer Fleck voll lieblicher Schneeglöckchen!

„Ooooh! Seid ihr wunderschön!" ruft David.

„Wunderschön!" bestätigt der Großvater.

Nach einer Weile der Bewunderung und des Staunens

setzt sich der Großvater auf eine Bank, ganz in der Nähe.

„Komm auch, David!" sagt er.

Aber der Bub schüttelt den Kopf. Er streckt den Arm nach vorne. Sein Zeigefinger zeigt über die Schneeglöckchen hinweg.

„Siehst du sie, Großpapa?"

„Wen?"

„Dort drüben! Ein wunderschönes Mädchen! Es trägt ein leuchtend weißes Kleid. So zart wie Spinngewebe. Es winkt!"

„Dann laß uns schleunigst zurückwinken!" sagt der Großpapa.

„Du mußt unbedingt den Hut abnehmen!" ruft David. „Es gehört sich nicht! Ein so schönes Mädchen, und du behältst den Hut auf!"

„Wenn's sein muß!" greint der Großvater und legt den

Hut neben sich auf die Bank. Dann steht er auf und geht hinüber zu seinem Enkel. „Ich kann nichts sehen! Aber ich glaube dir, David! – Also, dann wünsche ich euch beiden ein schönes Gespräch. Ich mache inzwischen ein Nickerchen."

„Ist gut, Großpapa!"

Der Großvater geht zur Bank zurück und setzt sich auf seinen Hut. Da er vom langen Weg rechtschaffen müde ist, merkt er es nicht und schläft augenblicklich ein.

David geht auf das winkende Mädchen zu.

„Wer bist du?" fragt der Bub.

„Die Waldrandfee!"

„Das verstehe ich nicht!"

„Meine Aufgabe ist es, für das Wohl aller Lebewesen zu sorgen, die am Waldrand wohnen, wachsen und blühen. Das Läuten der Schneeglöckchen hat euch hergeführt, nicht wahr?"

„O ja", ruft David. „Danke, es war herrlich!"

„Schnupper ein wenig!!" sagt die Fee. „Genieße die wundervollen Düfte ringsum!"

„Großvater und ich haben den ganzen Weg herauf geschnuppert und gelauscht", erzählt der Bub.

„Du kannst trotzdem noch einmal schnuppern!" David tut es. Ein wundervolles Düftewehen aus allen Himmelsrichtungen. Ein wenig Schneeluft. Ein wenig Blumenduft! Waldgerüche! Wiesendüfte! Und überall drängendes Leben! Und die Sehnsucht nach der Sonne!

Die Schneeblümchen haben zu läuten aufgehört. Es ist nun still und friedvoll ringsum. Die Strahlen der Frühlingssonne liebkosen Mensch, Wald und Flur.

Der Großpapa schläft bereits tief und fest.

„Laß ihn!" flüstert die Fee. „Ich werde dir eine Geschichte erzählen! Willst du?"

„Au ja! Aber zuerst möchte ich wissen, wie du heißt!"

„Ich bin Ananda", sagt das Feenmädchen. „Es bedeutet Glückseligkeit."

„So siehst du auch aus", stellt David fest. „Ich möchte genauso durchsichtig sein wie du!"

„Das bist du doch! Nur kannst du es nicht sehen, weil du in einem fleischlichen Körper steckst."

„Ist das nicht jammerschade, Ananda?!" ruft der Bub.

„Auf jeden von uns wartet eine Aufgabe, David. Und alle sollten wir sie bestens lösen. Du als Weltenbürger, ich als Fee!"

„Einverstanden", sagt der Bub. „Man kann's ja doch nicht ändern. Trotzdem möchte ich lieber so durchsichtig und feengleich sein wie du! Es sieht einfach himmlisch aus! Noch viel zarter als die Schneeglöckchen!"

„Das ist klar, David. Auch Blumen haben einen Körper aus Materie, genauso einen feinstofflichen Leib. Dieser macht sich selbständig, sobald die Zeit der Schneeglöckchen vorbei ist. Eigentlich ist sie nie vorbei, weil es in der Wirklichkeit keine Zeit gibt."

„Nein!?" staunt David. „Aber gestern war Freitag. Heute ist Samstag. Und morgen wird Sonntag sein. Ist das keine Zeit?"

„Alles Täuschung!" sagt die Fee. „Zeit existiert nur in eurer grobstofflichen Welt. Bei uns ist es immer Jetzt! Aber das ist wohl noch ein bißchen schwer für dich?!"

„Ja", gesteht David. Aber er glaubt Ananda unein-geschränkt. Schließlich ist sie furchtbar feinstofflich und schön! Eben eine Fee!

„Wolltest du mir nicht eine Geschichte erzählen?" fragt der Bub. „Soll ich Großpapa wecken?"

„Laß ihn träumen, David!"

David setzt sich auf den Boden.

„Das ist noch zu früh im Jahr", sagt Ananda.

„Hier!" Plötzlich steht da eine niedliche kleine Holzbank. Wo kam die her? David hatte sie vorher nicht gesehen.

„Komm, setzen wir uns!" sagt Ananda. Sie erfaßt

Davids Hand. Aber er kann ihre Hand nicht fühlen.

„Das ist komisch", sagt er und lacht.

„Nicht komisch", erklärt Ananda, „nur neu für dich!"

Da sitzen sie nun nebeneinander, der Bub und die Waldrandfee. Und sie lächelt ihr süßestes Lächeln.

David fühlt sich wohl und warm.

„Erzähle, Ananda! Bitte!"

„Es ist die Geschichte der Schneerose", beginnt die Fee. „Ihre Blütenblätter waren nicht immer so schneeweiß wie heute. Früher unterschieden sie sich nur wenig vom Erdboden. Die Schneerose war eine unansehnliche Blume. Der Liebe Gott stellte ihr die Aufgabe, sich aus eigener Kraft zu entwickeln und zu strahlen. Doch die Schneerose wollte nicht. Sie fühlte sich gedemütigt und gekränkt. Ja, sie wurde ein richtiger Trotzkopf. Bienen ließ sie erst gar nicht an ihren Nektar."

‚Geht doch zu den schönen Blume', sagte sie. ‚Ich bin häßlich!' Und sie zerfloß in Selbstmitleid.

Da kamen immer weniger Bienen zur Schneerose. Schließlich blieben sie ganz fort. So lebte die arme Blume ihr frostiges Dasein ohne Freude und Freunde. Sie begriff nicht, daß sie sich nur der Liebe öffnen mußte, um ihrem Namen und ihrer Berufung gerecht zu werden. Statt dessen verschloß sie ihr Inneres immer mehr und wurde dadurch noch unansehnlicher.

Da schickte der Liebe Gott in seiner großen Güte eine Blumenfee zur Schneerose, um ihr in ihrem Kummer beizustehen.

Da wurde die Schneerose wütend. ‚Geh zurück in dein Feenreich!' rief sie. ‚Schau nur, wie schön du bist! Und sieh mich an! Ich bin häßlich!'

‚Niemand ist häßlich!' sagte die Fee liebevoll.

‚Wenn dich der Liebe Gott so erschuf, hat das seinen Sinn! Du solltest dich deiner Umwelt öffnen!'

‚Nichts dergleichen werde ich tun!' rief die Schneerose. ‚Siehst du etwa darin eine Gerechtigkeit, die einen schön und die anderen häßlich zu erschaffen?!'

‚Gott weiß immer, warum ER etwas tut', antwortete die Fee. ‚ER hat dich lieb!!'

‚Laßt mich allein! Ich mag euch nicht! Und ich mag auch mich nicht!'

‚Das ist falsch!' sagte die Fee. Ehe du andere lieben kannst, mußt du dich erst selbst lieb haben! Dich so annehmen, wie du bist!'

‚Ich will aber nicht!' trotzte die Schneerose.

Doch die Blumenfee blieb auch weiterhin freundlich und liebevoll. Immer wieder streichelte sie das unscheinbare Blütenköpfchen.

Soviel Liebe und Ausdauer rührte schließlich das Schneeröslein doch ein wenig.

‚Ich möchte ja glücklich sein!' gestand es zaghaft.

‚Und warum bist du es nicht?' fragte die Fee.

‚Ich habe es dir schon erklärt. Sobald der Liebe Gott mein Aussehen ändert, bin ich glücklich!'

‚Du mußt dich ändern!' sagte die Blumenfee streng.

‚Ich??!!' rief die Schneerose enttäuscht. ‚Behalte deine weisen Sprüche!' Und dann war sie wieder ganz das alte Elend.

‚Ach, Schneeröslein! Was immer der Liebe Gott erschafft, ist gut! Er kann doch gar nicht anders als gut sein und gut tun! Sobald du zufrieden und liebevoll bist, ändert sich alles!'

Aber die Schneerose begriff immer noch nicht! Alle Liebkosungen der Blumenfee blieben erfolglos. Täglich wurde sie unansehnlicher. Aus Scham vergrub sie sich in Laub- und Schneeresten. Schließlich wurde sie schwer krank.

Die Fee umsorgte das eigensinnige Blumenkind liebevoll. Die Sonne schickte ihm wärmende Strahlen. Die Bäume boten Energie, der Schneefleck Kühlung in seinen Fieberträumen. Die Schneeglöckchen läuteten, um es zu erfreuen.

‚Warum bist du eigentlich noch immer da? fragte eines

Tages die Blumenfee das Stückchen Schnee. ‚Deine Zeit ist doch längst vorbei!'

‚Ich kann nicht schmelzen! Im Winter habe ich die Schneerose vor dem Erfrieren bewahrt. Sie müßte mir etwas Gleichwertiges geben!'

‚Aber sie tut es nicht!' sagte die Fee. ‚Sie hat immer nur genommen! Und sogar das unwillig!'

‚Geben und Nehmen müssen sich aber stets die Waage halten!' sagte der Schneefleck. ‚So ist das Gesetz!'

Da die kranke Schneerose noch immer nicht zur Einsicht kam, geschah eines Tages etwas Furchtbares. Ein Holzfäller kam des Weges und trat ihr mitten ins Gesicht.

‚Hilfe! So helft mir doch!' jammerte sie.

Die Blumenfee kniete an der Seite der todkranken Schneerose nieder und heilte ihre Wunden. Der Schneefleck schickte wieder Kühlung. Die Sonnenstrahlen wärmten den geschwächten Körper. Die Schneeglöckchen läuteten. Bienen und Hummeln kamen zu Besuch und

erzählten vom knospenden Frühling.
Nach all diesen Liebesdiensten kam die Schneerose endlich zur Einsicht. Sie erkannte ihr vertanes Leben.

‚Verzeih mir!' bat sie. ‚Ich war so dumm! Falls ich nächstes Jahr wiederkommen darf, werde ich es besser machen!'

‚Wirst du dann auch zufrieden sein?' fragte die Blumenfee.

‚Ja! Ich werde aber auch zu geben wissen! Und – zu lieben! Damit möchte ich gleich beginnen!'

Wie sich das Feenmädchen freute! Und der Schnee-fleck! Die Bienen! Auch die grünen Blätter der Schneerose! Am allermeisten freute sich der Himmliche Vater! Eines seiner Blumenkinder hatte die Lektion begriffen. Nun wußte es, daß im Leben außer selbstloser Liebe nichts zählt.
Kaum hatte die Schneerose ihr Herz geöffnet, kamen sie auch schon angesegelt: Bienen, Hummeln, Insekten! Und alle summten, brummten und tanzten vor Freude und aus reiner Lust am Leben!

‚Was ist mit deinen grünen Blättern geschehen?' fragte der Schneefleck. ‚Sieh nur, wie sie glänzen. Auch sind sie ganz fest und stark geworden!'

‚Wir haben in Zukunft die Schönheit und Reinheit der Rose zu behüten!' sagten die Blätter.

‚Was redet ihr da? Welche Schönheit?!' fragte die Schneerose verwirrt.

‚Sieh dich doch an!' jubelte der Schneefleck. ‚Endlich! Du siehst himmlisch aus! Ich bin erlöst! Kein Schnee kann weißer strahlen als diese Blütenblätter! Und die gelben Staubgefäße zieren deinen Hals wie eine kostbare Kette! Du bist eine Schönheit geworden!'

Eine Blaumeise rief der anderen im Flug zu: ‚Sieh nur, dort unten, die Königin der Frühlingsblumen!'

„Diese Schönheit war von Anfang an für dich bestimmt", sagte die Blumenfee. ‚Aber du wolltest dich der Liebe nicht öffnen.'

‚Ich weiß', antwortete die Schneerose demütig. ‚Es war nur meine Schuld. Ich hätte von dem wenigen, das ich

hatte, bereitwillig geben sollen und zufrieden sein!'

‚Vor allem hättest du dich immerzu freuen sollen!'

„Auch das begreife ich jetzt!"

‚Viel Leid wäre dir erspart geblieben!' sagte die Blumenfee.

‚Ich werde versuchen, alles nachzuholen und gutzumachen, falls mir der Himmliche Vater Gelegenheit dazu gibt!' versprach die Schneerose.

‚Das wird ER! Siehst du denn nicht, wie sehr ER sich über deine Einsicht freut? Wärst du sonst noch in diesem Jahr so strahlend schön geworden?!'

Da leuchtete und strahlte das Röslein in all seiner Herrlichkeit. Der Schneefleck konnte gar nicht anders, als vor lauter Rührung zu schmelzen.
Blumenfee und Schneerose hatten sich nun eine Menge zu erzählen. Beider Glück strahlte auf die Umgebung und lockte die verschiedensten Frühlingsblumen aus der Erde. Nach der Reihe kamen sie angepurzelt. Die Buschwindröschen und all die vielen anderen. Auch die

Weidenkätzchen öffneten sich mehr und mehr und zogen Tausende von Bienen an. Und alle freuten sich über die strahlende Blüte.

Die Tage vergingen. Auch die Zeit der Schneerose war beinahe vorüber. Doch sie empfand weder Abschiedsschmerz noch Trauer. Im Gegenteil. Sie freute sich auf das feinstoffliche Land, um auszuruhen von der Erde Mühen. Vor allem aber wollte sie die selbstlose Liebe noch besser bereifen lernen.
Ein Blumenkind hatte heimgefunden! Hier und drüben war die Freude groß!

Soweit die Geschichte der Schneerose!

David hat aufmerksam zugehört. Die Waldrandfee schweigt. Liebevoll beobachtet sie den Buben.

„Vielen Dank," sagt David. „Diese schöne Geschichte werde ich meinem Großvater erzählen! Ich habe ihn nämlich sehr lieb, weißt du?!"

Die Fee nickt.

„Es wäre schön, wenn mein Großpapa niemals sterben

müßte!" sagt David. „Aber jetzt weiß ich, daß der Liebe Gott alles recht macht! Und wenn Großpapa einmal in sein feinstoffliches Land geht, werde ich versuchen, nicht gar so traurig zu sein!"

„Das sollst du auch nicht! Eines Tages seid ihr ja wieder zusammen! Im übrigen wird er dich weiter beschützen und dir helfen, wann immer du Hilfe brauchst. In Wirklichkeit gibt es nämlich gar keine Trennung! Unsere falschen Gedanken verursachen Trennung!"

„Ist das wahr?"

„Ja."

„Aber ich verstehe es trotzdem nicht so recht!" sagt der Bub.

Die Fee versucht es noch einmal.

„Glaubst du denn, daß Liebe jemals aufhört? Und das nur, weil ein Mensch das alte Körperkleid ablegt? Wenn du dich umziehst, bleibst du doch auch derselbe, oder etwa nicht?"

„Natürlich!" ruft David. „Jetzt verstehe ich! Mein Großpapa wird mich immer lieb haben und ich ihn auch!"

„Siehst du", sagt die Waldrandfee, „was auch geschieht – es ist gut!"

„Das verstehe ich jetzt", sagt David und steht auf. Als er sich umsieht, sind Bank und Feenmädchen verschwunden.

Da läuft das Kind zum Großvater und rüttelt ihn.

„Großpapa! Großpapa! Wir müssen nach Hause! Wach auf!"
Der Großvater gähnt ausgiebig.

„Habe ich geschlafen?" fragt er völlig unnötig. „Und wie!"

Der alte Mann rappelt sich mühsam hoch. Er greift nach seinem verbeulten Hut und setzt ihn – verkehrtherum auf. Da lacht David aus vollem Halse, weil der Großvater so furchtbar ulkig aussieht.
Auf dem Heimweg bleiben Großvater und Enkel vor einer strahlend weißen Schneerose stehen. Sie leuchtet so

schön, daß den beiden ganz wundersam zumute wird.

„Du hattest einen leidvollen Weg", sagt der Großpapa und zieht seinen verbeulten Hut. „Wie unser Herr, Jesus Christus, hast du schließlich durch die Liebe das Kreuz überwunden!"

„Wieso weißt du das?" wundert sich David. „Ich habe dir die Geschichte noch nicht erzählt!"

„Vielleicht habe ich sie geträumt", sagt der Großvater und geht. Noch einmal dreht er sich um und winkt mit dem Hut in seiner Hand. „Auf Wiedersehen, Schneerose! Auf Wiedersehen im nächsten Jahr! Von heute an sollst du Christrose heißen!"

„Auf Wiedersehen, Christrose!" sagt auch David. „Die Waldrandfee läßt dich grüßen! Natürlich auch die Blumenfee! Sie und wir alle freuen uns schon auf den nächsten Frühling!"

„Komm!" Der Großvater nimmt David an die Hand und zieht ihn energisch mit sich fort.